RAYMOND CALBUTH/1

TRONCHET

AUX ÉDITIONS GLÉNAT

RAYMOND CALBUTH

TOME 1 - FILS DU VENT

TOME 2 - À LA CONQUÊTE DU GLOBE

TOME 3 - BOURREAU DES CŒURS

RAOUL FULGUREX

(AVEC GELLI)

TOME 1 - LE SECRET DU MYSTÈRE

(ALPH'ART HUMOUR, ANGOULÊME 90)

TOME 2 - LE REVERS DE LA FACE CACHÉE

(À PARAÎTRE)

AUX ÉDITIONS DELCOURT

LES DAMNÉS DE LA TERRE ASSOCIÉS

TOME 1 - STARS D'UN JOUR...

TOME 2 - STARS TOUJOURS !

TOME 3 - JOURS DE STARS

LA BITE A URBAIN

AUX ÉDITIONS FLUiDE GLACIAL

JEAN-CLAUDE TERGAL

TOME 1 - GARDE LE MORAL

ET C'EST PAS FINI ! (DEMAIN LE MONDE ! ! !)

TRONCHET

RAYMOND CALBUTH 1

Adaptation graphique de Daniel Chauvin
Mise en couleurs : Nadine Voillat

Raymond Calbuth bat sa femme (sur le fil)

AH! J'ENTENDS LA PORTE DES TOILETTES QUI CLAQUE ET UN BRUIT DE CHASSE D'EAU
PSCHHH
CLAC
OUI! LE VOILÀ. IL ATTEINT LA CUISINE AVEC UNE CONFORTABLE AVANCE...

C'EST BIEN RAYMOND CALBUTH. LES TRAITS TIRÉS APRÈS UNE NUIT QUI A DÛ ÊTRE RUDE, LE FRANÇAIS AFFICHE NÉANMOINS UNE BELLE ASSURANCE DANS SON PEIGNOIR DE COMPÉTITION
YA BON
BANA

IL S'EST DÉJÀ ATTABLÉ AVEC BEAUCOUP DE MAESTRIA. TECHNIQUEMENT, IL EST AU POINT: REGARDEZ-LE BEURRER SA TARTINE
UN GRAND PROFESSIONNEL !! ON SENT QU'IL N'EN EST PAS À SON PREMIER PETIT DÉJEUNER...

MAIS...?!! J'ENTENDS UN DEUXIÈME BRUIT DE CHASSE D'EAU, QU'EST-CE QU...?
PSHHH

OH! C'EST MONIQUE, LA CHALLENGER, QUI PÉNÈTRE À SON TOUR DANS LA CUISINE
PSCHHH
CLAC
ELLE N'A QUE 3' 50" DE RETARD! RIEN N'EST PERDU.. VOILÀ QUI RELANCE L'INTÉRÊT !!
RAYMOND EST MAINTENANT OBLIGÉ DE FAIRE LE FORCING CAR MONIQUE MET TOUT EN ŒUVRE POUR REVENIR À SA HAUTEUR
TU TE POUSSES UN PEU, LÀ
HEU OUI OUI
Raymond
Monique
LES CONCURRENTS SONT MAINTENANT AU COUDE À COUDE QUELQUES BOUCHÉES D'AVANCE POUR RAYMOND
SCRONCH SCRONCH
...MAIS À CE NIVEAU, LA MOINDRE ERREUR EST FATALE !!

AH! LA LUTTE EST À COUTEAUX TIRÉS AU NIVEAU DU BEURRIER... QUELLE TENSION !!
onique
Raymond
UN PEU DE MUSIQUE... JE VOUS RAPPELLE EN CAS DE COUP DUR...
OUCH!

OH! ALLÔ! ALLÔ LES STUDIOS!
GRAVE INCIDENT À MI-PARCOURS!! RAYMOND, ALORS EN TÊTE, A MAL NÉGOCIÉ LA PRISE DE BOL À DÉJEUNER ET N'A PU ÉVITER LA SORTIE DE TABLE!!
COCHON! UN PANTALON TOUT PROPRE

MAIS PLUS DE PEUR QUE DE MAL... LE FRANÇAIS S'ESSUIE AVEC UN TORCHON ET REPREND SA PLACE. ON RESPIRE AU STAND BANANIA
SALETÉ!

LE VOILÀ QUI ATTAQUE DÉJÀ L'ÉPREUVE LA PLUS REDOUTÉE, LE DÉCORTICAGE DE VACHE-QUI-RIT...
AUX ESSAIS, IL AVAIT FAIT 15"30. CE QUI LE PLAÇAIT EN PÔLE POSITION SUR LE PLANCHER DE DÉPART DE LA CHAMBRE À COUCHER
MAIS LÀ, IL SEMBLE TÂTONNER... VA-T-IL TROUVER LA LANGUETTE ROUGE... IL S'ÉNERVE

oooOUIII!!
C'EST GAGNÉ!
13" 45
NOUVEAU
RECORD!
BANANIA
LE FRANÇAIS PEUT MAINTENANT TRANQUILLEMENT S'HABILLER, IL EST ASSURÉ DE FRANCHIR LA PORTE EN VAINQUEUR ...AH, QUEL FINISH!

BEAU JOUEUR, MONIQUE VIENT LUI DONNER LE BAISER DU VAINQUEUR SUR LE PALIER...
FAIS ATTENTION À TOI DEHORS...!
ÉCOUTE LA RADIO POUR SAVOIR S'IL M'ARRIVE QUELQUE CHOSE..
YA BON
ON EST BIEN INFORMÉ SUR SOI MAINT'NANT AVEC LES RADIOS LOCALES... MAIS LÀ, C'EST VRAIMENT TROP LOCAL !!! FAUDRAIT QU'ELLES NOUS LÂCHENT UN PEU, DES FOIS...
ET PUIS CETTE FAÇON DE TOUT DRAMATISER... C'EST STRESSANT

HÉ, M'SIEUR CALBUTH! BRAVO POUR VOT' VICTOIRE!
SUPERBE!!
LE FRANÇAIS EST ACTUELLEMENT AU 2e ÉTAGE,..TOUT VA BIEN
MAIS VOUS M'AVEZ FAIT PEUR, HEIN, QUAND VOUS AVEZ RENVERSÉ LE BOL!
OUH!
OH! VOUS FAITES PAS DE BILE!!
HA! CELUI-LÀ! LUI, IL EST BATTU À PLATES COUTURES PAR SA FEMME TOUS LES MATINS! C'EST DONC ELLE QUI SORT FAIRE LES COURSES...
ET LUI, IL RESTE À LA MAISON! QUEL MINABLE!

MAIS PEUT-ÊTRE QUE ÇA M'ARRIVERA UN JOUR AUSSI À MOI...ON PEUT PAS TOUJOURS GAGNER. ALORS CE SERA MONIQUE QUI SORTIRA DANS LA RUE...
LA HONTE TOTALE POUR MOI...
la vache
qui rit

JE VOIS D'ICI LES TITRES DE LA PRESSE: "LE FRANÇAIS CALBUTH HUMILIÉ À DOMICILE", EST-CE UN HOMME FINI?"
LES RAPACES! JE SUIS SÛR QU'ILS SONT ENCORE LÀ-DEHORS À ME GUETTER

Mr CALBUTH! VOS IMPRESSIONS À CHAUD APRÈS CETTE VICTOIRE À L'ARRACHÉ ...!!?
UN MOMENT TRÈS DUR POUR VOUS NERVEUSEMENT?
COMMENT EXPLIQUEZ-VOUS VOTRE SORTIE DE TABLE AVEC LE BO À DÉJEUNER ??
ÉCOUTEZ, J'AVAIS LES DOIGTS TACHÉS DE BEURRE, LE BOL DE CAFÉ M'A GLISSÉ DES MAINS, C'EST TOUT!
PAS DE QUOI EN FAIRE UN DRAME !!
FLASH
VOUS ÊTES LE SEUL EN EU-ROPE À DESCENDRE SOUS L BARRE DES 14" EN DÉCORTI-CAGE DE VACHE-QUI-RIT. QUEL EST VOTRE SECRET?
TVI

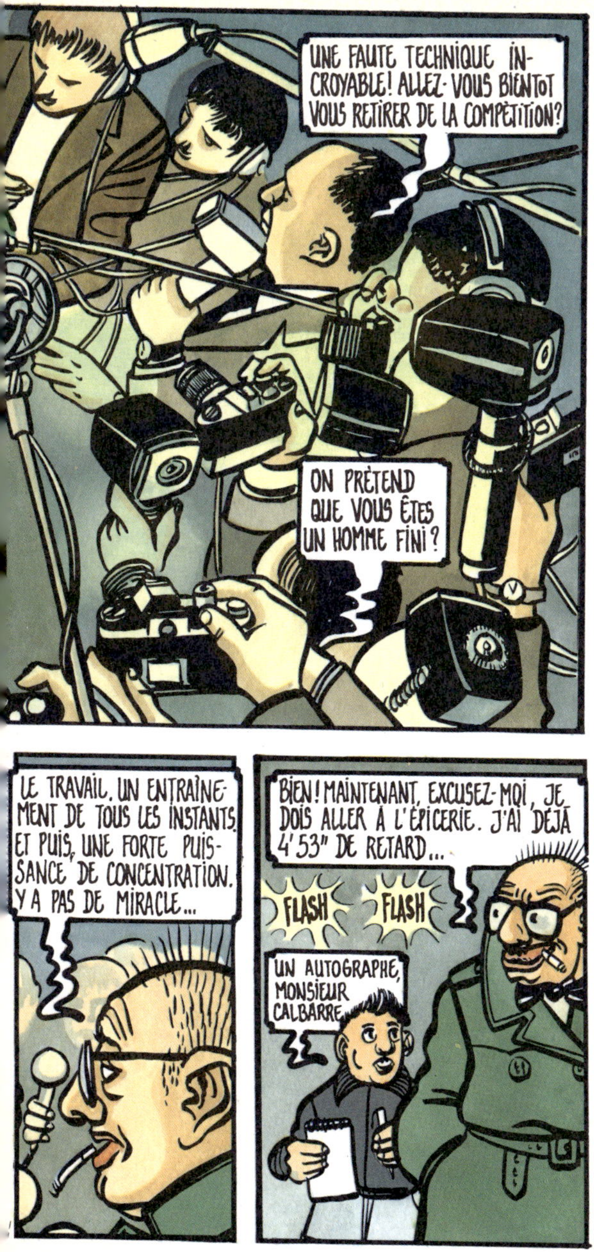
UNE FAUTE TECHNIQUE INCROYABLE! ALLEZ-VOUS BIENTOT VOUS RETIRER DE LA COMPÉTITION?
ON PRÊTEND QUE VOUS ÊTES UN HOMME FINI ?
LE TRAVAIL. UN ENTRAÎNEMENT DE TOUS LES INSTANTS. ET PUIS, UNE FORTE PUISSANCE DE CONCENTRATION. Y A PAS DE MIRACLE...
BIEN! MAINTENANT, EXCUSEZ-MOI, JE DOIS ALLER À L'ÉPICERIE. J'AI DÉJÀ 4'53" DE RETARD...
FLASH
FLASH
UN AUTOGRAPHE, MONSIEUR CALBARRE

BIERE Pelican
HA! MONSIEUR RAYMOND...
VOUS AVEZ ENCORE GAGNÉ JE SUPPOSE ?
BEN SINON JE SERAIS PAS ICI. VOUS AVEZ MON PAQUET ??
VOILÀ... DITES, SI LA PRESSE APPRENAIT QUE VOUS UTILISEZ DES PORTIONS DE VACHE-QUI-RIT SPÉCIALEMENT PRÉ-DÉCOUPÉES, QUEL SCANDALE
La vache qui rit
BAH! VOUS EN PROFITEZ AUSSI, VOUS...
OUI! MAIS MOI, JE PERDS QUAND MÊME À CAUSE DES COUVERCLES DE CONFITURE QUI COINCENT
MINABLE !!!

Raymond Calbuth trouble l'ordre public

J'SAIS PAS. J'AI EU ENVIE DE FAIRE UN TRUC INSENSÉ. M'BALADER AVEC RIEN DANS LES CHAUSSURES, VACH'MENT DÉCONTRACT'
AH, MOI J'SUIS L'MEC COMME ÇA. IMPRÉVU, FANTASQUE, TOUJOURS PRÊT À FAIRE LE CON !

OUI, JE SAIS, C'EST PAS BIEN RAISONNABLE. SI LES GENS SAVAIENT QUE J'ME PROMÈNE À POIL DANS MES POMPES...!

...MAIS UN COUP DE TEMPS EN TEMPS... BOAH! FAUT LAISSER UN PEU DE PLACE À L'IMAGINAIRE.
SINON C'EST LE GOULAG..

Raymond Calbuth
pratique
la sexualité orale

HAHEM... PARDONNEZ-MOI MÊDÊME, J'AI OUÏ DIRE QU'IL SERAIT POSSIBLE, PAR TÉLÉPHONE, DE... HEU... D'AVOIR DES RAPPORTS... COMMENT DIRE, HEU... SEXUELS ET HEU...
JE VOUS PASSE UNE HÔTESSE. C'EST 200F POUR UN QUART D'HEURE
EH BIEN QU'À CELA NE TIENNE, MÊDÊME

BONSOIR MON LOULOU! JE M'APPELLE SANDRA... J'AI DES PORTE-JARRETELLES...
ET JE T'EMBRASSE LE LONG DU COU JE DESCENDS SUR TA POITRINE, ET...

HOLÀ, ATTENDEZ ATTENDEZ! PAS SI VITE... J'AI BESOIN DE VISUALISER, MOI...
L'HOMME
-1-
ANATOMIE

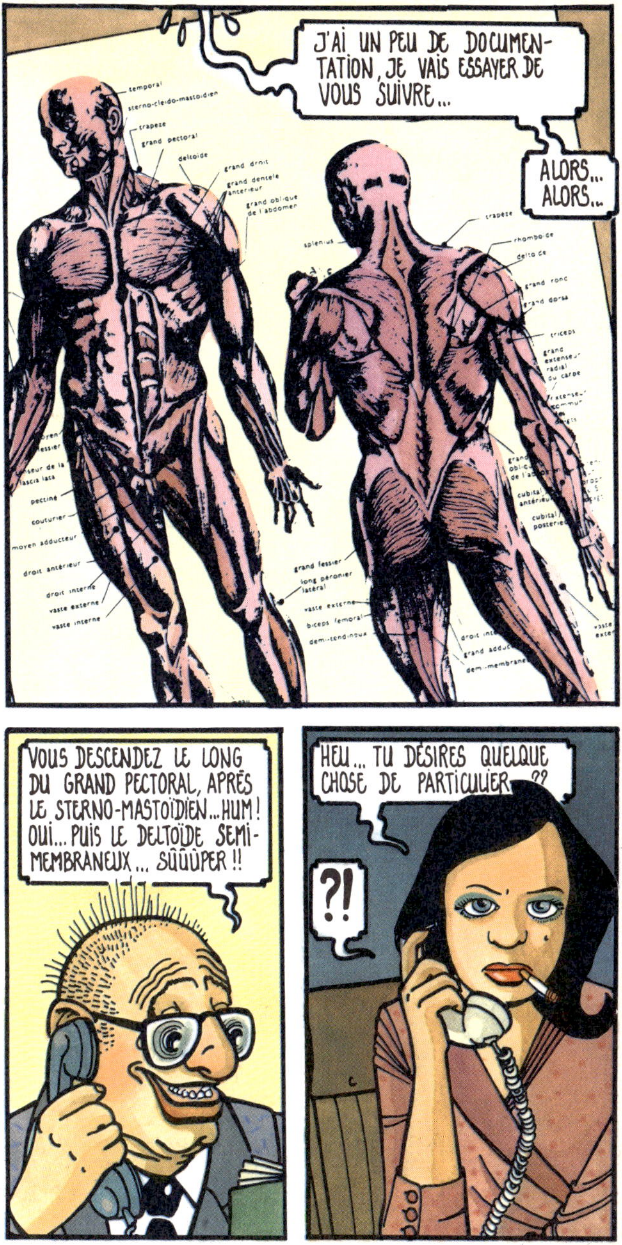
J'AI UN PEU DE DOCUMENTATION, JE VAIS ESSAYER DE VOUS SUIVRE...
ALORS... ALORS...
temporal
sterno-cleido-mastoidien
trapeze
grand pectoral
deltoide
grand droit
grand dentele anterieur
grand oblique de l'abdomen
pectiné
couturier
moyen adducteur
droit antérieur
droit interne
vaste externe
vaste interne
trapeze
rhomboide
splenius
triceps
grand extenseur radial du carpe
grand fessier
long péronier latéral
vaste externe
biceps femoral
VOUS DESCENDEZ LE LONG DU GRAND PECTORAL, APRÈS LE STERNO-MASTOÏDIEN... HUM! OUI... PUIS LE DELTOÏDE SEMI-MEMBRANEUX... SÛÛÛPER !!
HEU... TU DÉSIRES QUELQUE CHOSE DE PARTICULIER ??
?!

BEN, LÀ OÙ VOUS ÊTES, VOUS POURRIEZ PEUT-ÊTRE SUIVRE LE GRAND DENTELÉ ANTÉRIEUR L'EXTENSEUR RADIAL DU CARPE ET FINIR SUR MES MOYENS AD-DUCTEURS FESSIERS
SI CE N'EST PAS ABUSER
BON, D'AC-CORD, JE TE CARESSE ...HEU...
LE GRAND DENTELÉ ANTÉRIEUR
L'EXTENSEUR RADIAL DU CARPE ET... HEU... LES MOYENS ADDUCTEURS FESSIERS
?
SEX PHONE
HUMMM OUI C'EST BON. VOUS, ALORS... !!
MAIS TU PRÉFÈRES PAS QUE JE M'OC-CUPE DE TON SEXE?

LE SEXE... LE SEXE... AH OUI, LÀ : "APPAREIL GÉNITAL". C'EST BIEN ÇA, HEIN ? AH BEN OUI, J'AVAIS PAS PENSÉ... Y A ÇA ENCORE...
BON, ALORS, MOI J'OPÈRE UN AFFLUX SANGUIN MASSIF DANS LES CORPS SPONGIEUX, ET JE PROCÈDE À L'EXPULSION DU LIQUIDE SÉMINAL, SI ÇA NE VOUS DÉRANGE PAS...
EH BIEN VOILÀ, J'ESPÈRE QUE ÇA VOUS A PLU, MÊDÊME. JE SUIS RAVI D'AVOIR EU CETTE CONVERSATION AVEC VOUS. MES RESPECTS, MÊDÊME.
DIS DONC, YVETTE, JE T'AI ENTENDUE BOSSER. QUEL MÉTIER !! HOU... "JE TE CARESSE LES MOYENS ADDUCTEURS FESSIERS" !
WAH! MOI J'EN SUIS ENCORE À "JE TE LÈCHE LES CUISSES"

GÉNIAL, L'AMOUR PAR TÉLÉPHONE !! C'EST PAS SALISSANT, PAS FATIGANT... D'HABITUDE JE M'ENDORS APRÈS...
LÀ JE SUIS EN PLEINE FORME !! À LA LIMITE, J'AURAIS ENVIE UNE 2e FOIS !!!
D'AILLEURS
CLAC
MONIQUE ! METS TON PORTE-JARRETELLES, ET DESCENDS À LA CABINE TÉLÉPHONIQUE
À CETTE HEURE-CI ?? MAIS...
C'EST POUR FAIRE L'AMOUR PAR TÉLÉPHONE !
JE SAIS PAS SI J'SAURAI, MOI...
MAIS SI !! SERS-TOI BIEN DE TON GRAND PECTORAL ET DE TON DELTOÏDE SEMI-MEMBRANEUX, SURTOUT...

Raymond Calbuth arrache le nul

SI JE LUI PRENDS SA CUILLÈRE À CAFÉ AVEC MON COUTEAU À PAIN, LA CORBEILLE DE FRUITS N'EST PLUS PROTÉGÉE...
ET SA BOÎTE DE VACHE-QUI-RIT MENACE DIRECTEMENT MON BEURRIER
PAS BON, ÇA.
OU ALORS, JE GLISSE EN DIAGONALE LE BEURRIER ENTRE SON BOL ET LA CASSEROLE DE LAIT. JE FAIS DONC ÉCHEC AU GRILLE-PAIN... HAHA !!
NON. TROP DANGEREUX

OH!
J'AI TROUVÉ!
JE LUI PRENDS SA BAGUETTE DE PAIN AVEC MON COUTEAU, ET JE LA COUPE EN TARTINES...
HÉHÉHÉHÉHÉ!!
QU'EST-CE TU PENSES DE ÇA MA VIEILLE? MÉDUSÉE, LÀ, HMM ??!
J'ME DEMANDE COMMENT ELLE VA RÉAGIR...

MAIS QU'EST-CE QU'ELLE... ELLE PREND LA TARTINE
CLAC
ÉÉÉ ELLE LA MET DANS LE GRILLE-PAIN !!
OUPS !! JE L'AVAIS PAS VUE CELLE-LÀ ! QUELLE ERREUR ! QUELLE ERREUR !!
JE NE CONNAISSAIS PAS CETTE COMBINAISON ! AH, ELLE EST TRÈS FORTE CETTE MONIQUE !
JE ME SUIS FAIT EU ! EN BEAUTÉ !

FEINTÉ COMME UN DÉBUTANT À SON PREMIER PETIT DÉJ'! RAAAAH! J'ÉTAIS PAS ATTENTIF! JE SUIS SÛR QU'ELLE PAYE UN PARAPSYCHOLOGUE POUR ME DÉCONCENTRER
JE DEMANDE L'ANNULATION DU PETIT DÉJEUNER!!

OU ALORS JE PEUX ENCORE OBTENIR LE MATCH NUL EN LUI PRENANT SA CAFETIÈRE AVEC MA TASSE ET EN ME VERSANT DU CAFÉ...
ÇA ME LAISSE UN JOUR ET UNE NUIT POUR ÉTUDIER UNE PARADE À LA COMBI-NAISON DU GRILLE-PAIN

TOUT DE MÊME... ÇA FAIT LE 2542e PETIT DÉJEUNER NUL QUE JE CONCÈDE. JE ME DEMANDE SI CETTE PARTIE AURA UNE FIN...??
ET SI JE ME LEVAIS CETTE NUIT POUR DÉBRANCHER LE GRILLE-PAIN... HÉHÉHÉHÉHÉ...
EN ATTENDANT, IL NE ME RESTE PLUS QU'À QUITTER LA SALLE AVEC DIGNITÉ...
EN MAUGRÉANT TOUTEFOIS, POUR SIGNIFIER MA PROTESTATION.
HMPF!!
HIN HIN! HMPFFF, GRMFLL...
AHLALA, CELUI-LÀ! TOUS LES MATINS C'EST PAREIL...
PAS MOYEN DE LUI TIRER UN MOT TANT QU'IL A PAS BU SON CAFÉ...

Raymond Calbuth ironise méchamment

COMME GARNITURE, DES POMMES ALLUMETTES... PUIS UN LAIT SECOUÉ À LA FRAISE...
ET POUR ACCOMPAGNER LES VIANDES, VOUS ME CONSEILLEZ QUOI ? TIENS, UNE BONNE CUVÉE DE CETTE BOISSON GAZEUSE NOIRE...
JE VAIS GOÛTER D'ABORD...
HM... BIEN! IL N'A PAS LE GOÛT DE CAPSULE... C'EST DU 1987?? UNE BONNE ANNÉE POUR LE COCA...
IL PÉTILLE BIEN AU PALAIS... IL EST GOULEYANT À SOUHAIT, ET SA ROBE EST LARGEMENT ÉCHANCRÉE QUOIQUE UN PEU TROP CINTRÉE À LA TAILLE... MAIS C'EST BON...

HAHA! VOUS AVEZ VU LA TÊTE DU GARÇON ???
JE VIENS D'ASSENER UN COUP TERRIBLE À L'IDÉOLOGIE DU FAST-FOOD ET À L'IMPÉRIALISME YANKEE, MINE DE RIEN!
HAHA!!! CALBUTH, TU ES DUR

Prochainement

Raymond Calbuth s'aventure sur le palier

MOI, C'EST PAREIL. ICI CHUIS BIEN PARTOUT... CHUIS BIEN DANS LA CUISINE, CHUIS BIEN DANS LE COULOIR, AU SALON; MÊME À LA CAVE AVEC LA LUMIÈRE ÉTEINTE... VRAIMENT À L'AISE PARTOUT.
AU CABINET, CHUIS BIEN. J'PEUX Y RESTER DES HEURES

J'PEUX DORMIR N'IMPORTE COMMENT: SUR LE DOS, SUR LE VENTRE. J'M'EN FOUS... UNE FOIS MÊME, TU T'SOUVIENS J'AI DORMI SUR LE CÔTÉ, DIS DONC.
FAUT DIRE AUSSI, DES FOIS J'FAIS VRAIMENT L'CON!

UN AVENTURIER N'A PAS DE VIE BIEN RÉGLÉE. LE SOIR I S'COUCHE PAS AVANT DIX HEURES ET DEMIE- ONZE HEURES... C'EST UN TYPE QUI PEUT RESTER DEUX JOURS AVEC LES MÊMES CHAUSSETTES ...
FSSCHHHHH
FSCCHHHHHH

...A TABLE, QUAND Y A PAS D' FOURCHETTES, I S'DÉMONTE PAS: I' MANGE AVEC LES DOIGTS !!!
BEEEUUH!! MOI J' POURRAIS PAS, ÇA
HÉÉÉÉ OUI! TIENS MOI, LE SAMEDI SOIR, JE PEUX TE FAIRE L'AMOUR N'IMPORTE QUAND: A 8H., À 9H. ET DEMIE, À 10H. CHUIS IMPRÉVISIBLE. ET ON NE SAIT JAMAIS QUAND ÇA VA S'ARRÊTER. AVEC MOI, ÇA PEUT DURER DES SECONDES ET DES SECONDES
DES FOIS J'ME LAVE MÊME PAS AVANT!
ET VOILÀ OÙ J'VOULAIS EN VENIR, MONIQUE: UN AVENTURIER, C'EST UN TYPE QUI NE S'ATTACHE PAS...
PAS D'AMIS, PAS D'AMOURS, PAS DE BOULET À TRAÎNER...
NOUS DEVONS VIVRE CHAQUE JOUR COMME SI LES GALAXIES ET L'UNIVERS ENTIER DEVAIENT S'ENGLOUTIR DEMAIN...
AH NON! DEMAIN C'EST PAS POSSIBLE. ON A UN SCRABBLE CHEZ LES GABURNOT...

BON ALORS COMME SI LES GALAXIES ET L'UNIVERS ENTIER DEVAIENT S'ENGLOUTIR APRÈS-DEMAIN.
O.K.! APRÉS-DEMAIN, ÇA MARCHE. OU ALORS ON PEUT FAIRE ÇA DIMANCHE SOIR, SI TU VEUX. LE FILM, ON L'A DÉJÀ VU...
CE QUE JE VEUX TE DIRE, C'EST QUE TOUT ÇA C'EST PROVISOIRE

REGARDE LE MUR DE L'ENTRÉE...
TU ROUSPÈTES POUR QUE JE TERMINE LA TAPISSERIE... EH BEN, JE LA FINIRAI JAMAIS. JAMAIS! JE NE SERAI JAMAIS INSTALLÉ, MOI...

C'EST COMME LA POIGNÉE DE PORTE QUI GRINCE. JE LA REVISSERAI JAMAIS, JE VEUX GARDER MA LIBERTÉ...
C'EST UN SYMBOLE!

MONIQUE, JE PEUX PARTIR D'UNE MINUTE À L'AUTRE. JE SUIS DE PASSAGE DANS TA VIE...

TU VOIS, MES DEUX VALISES SONT TOUJOURS PRÈS DE LA PORTE...
TU T'ES LONGTEMPS DEMANDÉ POURQUOI J'Y RANGEAIS MA BROSSE À DENTS CHAQUE SOIR... EH BIEN MAINTENANT, TU SAIS
F

C'EST FACILE POUR MOI...
LA GARE EST À 5 MINUTES PAR LE BUS N°3. ET AU-DELÀ DE LA GARE, CE SONT LES RIVAGES ORIENTAUX, LEURS BRUISSANTS PALMIERS, ET CETTE MOITEUR QUI VOUS ENDORT L'ÂME...
TIENS, TU VAS VOIR, OUVRE CETTE PORTE
RAY... RAYMOND!
REGARDE! J'PEUX L' FAIRE, HEIN! HOP HOP! SI TU ME POUSSES À BOUT, LÀ, CHUIS PARTI, LÀ. J'AI DÉJÀ DESCENDU QUATRE MARCHES...

REVIENS!
TU ME MANQUES DÉJÀ...
CLANG
LA...LA PORTE
HORREUR! ELLE S'EST RECLAQUÉE. ON EST ENFERMÉS DEHORS.
LES CLÉS SONT À L'INTÉRIEUR! NOUS SOMMES FICHUS!

ET LA MINUTERIE QUI RISQUE DE S'ÉTEINDRE A TOUT MOMENT... RAYMOND, JE CROIS QUE JE VAIS HURLER
PAS ENCORE! J'AI UNE IDÉE POUR NOUS TIRER DE CE MAUVAIS PAS. C'EST UN PEU FOU, MAIS ÇA PEUT MARCHER
C'EST VOUS QUI M'AVEZ APPELÉ? ALORS ON REVIENT DE VOYAGE, ET ON A PERDU SES CLÉS...???
HEIN? HEU... OUI OUI... ON REVIENT JUSTE DES RIVAGES ORIENTAUX ET DE LEURS BRUISSANTS PALMIERS
S.O.S DEPAN
BEN DITES DONC, IL DEVAIT FAIRE CHAUD LÀ-BAS ?!!
HÉHÉ! OH, VOUS SAVEZ, AVEC LA MOITEUR QUI VOUS ENDORT L'ÂME, ON EST TOUT L'TEMPS OBLIGÉ D'ÊTRE EN PYJAMA, PAR LÀ...
S.O.S. DEPANNAGE

EEET VOILÀ. C'EST 120F.
TU VOIS MONIQUE, L'AVENTURE, ÇA SE TERMINE SOUVENT COMME ÇA: DES COUPS DURS, DES MOMENTS DE DOUTE ET FINALEMENT LE RETOUR AU BERCAIL
ALLEZ! ET UNE PROCHAINE FOIS, N'OUBLIEZ PAS DE FAIRE DES DOUBLES DE VOS CLÉS
HAHAHA!!
AS-TU ENTENDU CE PETIT PRÉPOSÉ, MONIQUE? EST-CE QUE LES GENS DE NOTRE TREMPE FONT DES DOUBLES DE LEURS CLÉS??! CEUX QUI ONT DES DOUBLES NE CONNAISSENT RIEN DU DOUX FRISSON DE LA DÉTRESSE SUR UN PALIER HOSTILE...
UN AVENTURIER N'
PAS DE DOUBLE DE
SON ÂME. IL N'A
UNE VIE QU
BRÛLE PA
LES DEU
BOUT
C'EST FORT C' QUE TU DIS, RAYMOND. ÇA M' FAIT PLEURER...

AH! CHÈRE ....
NOUS PASSONS UNE DÉLICIEUSE SOIRÉE ENSEMBLE !
COLLEZ VOTRE PHOTO ICI
AMIES LECTRICES
PLACEZ VOTRE PHOTO DANS LE CERCLE ET COMPLÉTEZ LES POINTILLÉS AVEC VOTRE PRÉNOM. VOUS POURREZ AINSI FAIRE CROIRE À VOS AMIES (FOLLES DE JALOUSIE) QUE VOUS AVEZ PASSÉ UNE DÉLICIEUSE SOIRÉE AVEC RAYMOND CALBUTH !!

Raymond Calbuth résiste à l'envahisseur

BOMB! ATTACK!!
ET LES BOCHES, LÀ... JE TE LES RATATINE. HA, MOI FAUT PAS M'FAIRE CHIER !!
NON! PARDONNE-LEUR! C'EST LE PASSÉ
1st PLAYER 910531
KLONG
KLONG

SCORE 1590678
SHOOT THE INDIAN
100 pts
HO! J'VAIS M'LE FAIRE, CELUI-LÀ!
PIIOU!
PIIOU
JE T'EN PRIE, ÉPARGNE LE, RAYMOND. C'EST LE DERNIER...FAIS PREUVE D'HUMANITÉ...

BING! T'AS VU COMME JE L'AI DÉZINGUÉ!!
RAYMOND, TU ES TROP CRUEL. JE NE VEUX PAS VOIR ÇA
NOUGATS
RAOM
QUELLE FÉROCITÉ! JE NE TE RECONNAIS PLUS. TU M'AVAIS PROMIS DE N'USER DE TON ARME QU'EN CAS D'ABSOLUE NÉCESSITÉ...
MAIS.. MAIS... TU VAS PAS PLEURER POUR ÇA! ÇA N'ÉTAIT QU'UNE RACAILLE DE MARTIENS DE BOCHES ET DE PEAUX-ROUGES! C'EST PAS UNE GROSSE PERTE TU SAIS...
C'EST EUX, ILS ME PROVOQUAIENT. ALORS JE LES AI DÉSINTÉGRÉS, PAW PAW! MOI FAUT PAS TROP M'FAIRE CHIER
NOUGATS
NON, ILS L'ONT BIEN CHERCHÉ
ALLEZ, ON RENTRE À LA MAISON... TIENS, ON VA PRENDRE LA VOITURE

DZIIIING
DZIIIING
DZIING
OUHLALA! LES EMBOUTEILLAGES! BEN ON N'EST PAS RENTRÉS !!! REMARQUE, PRENDRE LA ROUTE À CETTE HEURE-CI, C'ÉTAIT RISQUÉ
BLENG
BAM
OH!
DZIIING
MAIS ENFIN MONSIEUR ?!
VOUS VOUS CROYEZ OÙ ??? ESPÈCE DE DANGER PUBLIC! ON N'EST PAS DANS UN JEU VIDÉO ICI, QUE DIABLE!
ALLEZ, ON RENTRE À PIED. ON Y SERA AUSSI VITE...
OUF! J'AI BIEN CRU QUE T'ALLAIS LE DÉSINTÉGRER PAW PAW!
BEN, JE ME SUIS RETENU

Raymond Calbuth fait le bilan

EH BIEN TOI, MONIQUE, CE SERA NOS DEUX DENTIERS BAIGNANT CHAQUE SOIR DANS LE MÊME VERRE À DENTS...
SUPPOSITOIRES
QUEL MEILLEUR SYMBOLE DE COMMUNION QUE CES DEUX BOUCHES PAR PROCURATION QUI S'EMBRASSENT TOUTE LA NUIT PAR DIX CENTIMÈTRES DE FOND ?
C'EST BEAU...
SUPPOSITOIRES

CE DENTIER, POUR MOI, C'EST TON SOURIRE QUI NAGE... SI NOUS NOUS SÉPARONS UN JOUR, JE LE GARDERAI SUR LA COMMODE DANS UN BOCAL DE POISSON ROUGE...
ET JE CHANGERAI L'EAU TOUS LES JOURS...
SUPPOSITOIRES

Prochainement

Raymond Calbuth chasse le prédateur

LA PREUVE EST FAITE : LA VOITURE EST BIEN LE PREMIER PRÉDATEUR DE L'HOMME
LE PLUS EXTRAORDINAIRE, C'EST QUE L'HOMME A INVENTÉ LUI-MÊME L'INSTRUMENT DE SA PROPRE EXTERMINATION. LE SOT ! ET IL Y EN A QUI FONT 8 HEURES PAR JOUR A LA CHAINE POUR FABRIQUER LEUR PRÉDATEUR (J'EN CONNAIS)
PIRE : L'HOMME AIME ET ADMIRE LA BAGNOLE ! C'EST INSENSÉ. TIENS, LÀ ! REGARDE !!
QU'EST-CE TU DIS, J'ENTENDS PAS AVEC LE CHAUFFE-EAU
IL PASSE DES HEURES À CHOISIR DE MOURIR PLUTÔT DANS UNE C.X. 2000 OU UNE G.T.I. AVEC CENDRIER DÉCAPOTABLE
SALON DE
L'AUTO :
AU PARC DES EXPOSITIONS
EN VEDETTE :

COMME SI LA VOITURE ÉTAIT AUTRE CHOSE QU'UNE CAISSE OÙ ON MET LES GENS POUR LES BROYER...
UNE CHAMBRE À GAZ G.T.I., 30 CHEVAUX FISCAUX; UN FOUR CRÉMATOIRE DIESEL AVEC BOITIER AUTOMATIQUE ET ARBRE À CAME EN TÊTE
AH BON ? LE VOISIN RENÉ IL A UNE RENAULT 12, IL A L'AIR D'EN ÊTRE CONTENT
HA! LE SALON DE L'AUTO! TU IMAGINES LES SOURIS VISITANT CHAQUE ANNÉE LE SALON DU CHAT ??
"OH OH MA CHÉRIE, QUELLES SONT LES NOUVEAUTÉS ? SERONS-NOUS DÉVORÉES PAR UN ANGORA OU UN SIAMOIS .. ??"
EST-CE QUE LES GAZELLES PASSENT LE DIMANCHE MATIN À SAVONNER LEUR LION, À LE BICHONNER AVEC UNE PEAU DE CHAMOIS

EST-CE QUE LES LIBELLULES FIXENT DES ENJOLIVEURS ET DES KLAXONS ITALIENS SUR LEUR CAMÉLÉON ?
NON, NON, JE DIS NON !
MONIQUE, PARFOIS LES ERREMENTS DE MES CONTEMPORAINS ME PÉTRIFIENT. ET JE ME SENS SI SEUL FACE À L'HUMANITÉ...
MAIS NON, MON RAYMOND. JE SUIS AVEC TOI, MOI...
BEN OUI MAIS ÇA FAIT JAMAIS QUE 2. TU SAIS, L'HUMANITÉ, ILS SONT ENCORE PLUS NOMBREUX QUE ÇA, EUX...
SI JE N'INTERVIENS PAS, ÇA ME FERA 400 CONTEMPORAINS EN MOINS. C'EST LA DURE LOI DE LA VOITURE : SEULS S'EN SORTENT CEUX QUI ONT CHANGÉ LEURS PLAQUETTES DE FREIN, LEURS BALAIS D'ESSUIE-GLACE ET VÉRIFIÉ LE NIVEAU D'HUILE
ET LA PRESSION DES PNEUS...
ET LA PRESSION DES PNEUS...
C'EST TROP INJUSTE, JE N'AI PAS LE DROIT DE RESTER PASSIF... MONIQUE, VA ME CHERCHER UN OBJET CONTONDANT...
ATTENDS ! À LA CUISINE Y EN A VACHEMENT, DES OBJETS CONTONDANTS

LES DÉPARTS EN VACANCES COMMENCENT CE SOIR. J'AI QUELQUES HEURES POUR FRAPPER
RENTRE PAS TROP TARD, MON RAYMOND! LA DERNIÈRE FOIS QUE T'AS VOULU INTERROMPRE LE PROCESSUS DE LA SÉLECTION NATURELLE, T'ES REVENU À DES 9H ET DEMIE, 10H. AVEC TON PANTALON DÉCHIRÉ.

ALORS M'SIEUR CALBUTH, ON A DÉTERRÉ LE ROULEAU À PATISSERIE DE GUERRE ?? HUGH !!
VOUS ALLEZ AU MOINS TRAQUER LE BISON, ARMÉ COMME ÇA ?

VOUS NE CROYEZ PAS SI BIEN DIRE! JE VAIS CHASSER LE BISON-GOLF G.T.I. ET LE SANGLIER-TURBO...
VOUS M'EN GARDEREZ UNE PORTIÈRE! HAHA!!
CONNARD!
LE JOUR OÙ I S'FERA BOUFFER PAR SA RENAULT 12, CELUI-LÀ, FAUDRA PAS QU'I VIENNE PLEURER...
HÉ! J'AI DE LA CHANCE. EN VOILA DÉJÀ UNE...!
!?
MONSIEUR! MONSIEUR!
HEP!

HAN!
BLENG
?!
OUÉÉÉÉ!
J'L'AI EU !!! J'L'AI EU !!!... DU PREMIER COUP!
SUPERBE!
QUE... QU'...
MONSIEUR, JE VIENS DE VOUS SAUVER LA VIE. SORTEZ VITE DE LÀ, VOUS ÊTES LIBRE...
SAIN ET SAUF !
LÀÀÀÀÀÀ... C'EST FINI MAINT'NANT
VOUS AVEZ EU DE LA CHANCE, VOUS SAVEZ! J'AI FAILLI VOUS RATER.
MA... MA... SIMCA TO.. TOUTE NEUVE

AH, VOUS L'AVEZ ÉCHAPPÉ BELLE, HEIN? VOUS ÉTIEZ FOUTU LÀ-DEDANS. VOUS VOUS RENDEZ COMPTE? C'EST UN PEU COMME SI UNE SOURIS CONDUISAIT UN CHAT !!!

EXCUSEZ-MOI, JE N'AI PAS DE TEMPS POUR LES EFFUSIONS ET LES REMERCIEMENTS. J'AI ENCORE 399 PRÉDATEURS À LIQUIDER. MAIS VOUS POUVEZ ME DONNER UN COUP DE MAIN... HUM ??
GRR!

M. CALBUTH RAYMOND, SIOUPLAIT.
HA OUI! L'EXTERMINATEUR DE SIMCA 1000? CHAMBRE 9

EH BEN MON RAYMOND! QU'EST-CE QUI T'EST ARRIVÉ ?
AH MONIQUE! JE SUIS TOMBÉ SUR UN FOU! UNE ESPÈCE DE SOURIS AVEC DES MOUSTACHES AU VOLANT D'UN GROS CHAT GRIS. J'AI DONNÉ SON SIGNALEMENT À LA POLICE...

ILS VONT LUI TENDRE UNE SOURICIÈRE À L'AIDE D'UN GROS MORCEAU DE FROMAGE
HAHA! IL EST PERDU!

Raymond Calbuth expose ses photos de voyage

VENISE, LA PLACE ST MARC
les pigeons, tout ça (très romantique)
15/3/84
TURQUIE
La grande mosquée d'Istambul
18/5/83
GRÈCE
Le Pirée et le Parthénon
10/7/85
LES CHUTES DU NIAGARA
Malheureusement, je les ai laissées dans ma poche et Monique a lavé le pantalon avec. C'est dommage, un souvenir comme ça...

Raymond Calbuth lutte pour sa survie

MAIS LE PIRE, C'EST TOUJOURS LE CORPS À CORPS ENTRE L'HOMME ET LA PORTION DE VACHE-QUI-RIT, LA LUTTE AVEC CETTE STUPIDE LANGUETTE ROUGE... CET EMBALLAGE IDIOT QUI NE VEUT PAS CÉDER...
TARZAN, POUR LUI C'EST FACILE, TARZAN... IL S'EN SORT TOUJOURS AVEC LE COUP DU BÂTON DANS LA GUEULE! FACILE
RÂÂÂH
H'ON 'E COUP 'U 'ATON 'ANS 'A 'EULE !! 'E 'EU'ASSE! É 'ALAUD!
HÉ ÇA Y EN A ÊTRE JUNGLE! FRÈRE CROCODILE

MAIS UN BÂTON DANS LA GUEULE D'UNE VACHE-QUI-RIT, ÇA MARCHE PAS!
PFF! TARZAN! J' VOUDRAIS BIEN VOIR COMMENT IL S'EN SORTIRAIT, TARZAN, S'IL Y AVAIT UNE LANGUETTE ROUGE À TIRER POUR OUVRIR LES CROCODILES...
BLENG
AÔH!? LANGUETTE ROUGE! OÙ ÇA Y EN A ÊTRE ??
DAMNED!
HAHA DEMERDE-TOI, FRÈRE CONNARD...
50%
Tarzan
Djéne

MONIQUE! ÇA Y EST!! J'AI TERRASSÉ LA VACHE-QUI-RIT!
C'ÉTAIT ELLE OU MOI...
OUI, MAIS J'ESPÈRE QUE T'AS PAS ENCORE RENVERSÉ LA CAFETIÈRE
AÔH!! LA VIE DE L'HOMME EST UN COMBAT, ET AU FOND DE CHAQUE CUISINE, DES FAUVES GUETTENT NOTRE MOINDRE FAUX PAS...
HEU, NON NON MA PANTHÈRE!!

Prochainement

Raymond Calbuth tente un coup de force

UNE AUTRE, ON PROFITE D'UN DE MES VOYAGES À CHARENTON CHEZ TATA GERMAINE POUR FINANCER DANS MON DOS LA CONTRE-RÉVOLUTION AU SALVADOR.
JUSQU'À PRÉSENT, JE N'AI RIEN DIT. J'AI JOUÉ LE BEL INDIFFÉRENT. JE JARDINAIS, J'ALLAIS À LA SUPÉRETTE COMME SI DE RIEN N'ÉTAIT. UNE ATTITUDE QUI A DÛ SÉRIEUSEMENT FAIRE GRINCER DES DENTS DANS LES AMBASSADES...
MAIS LÀ, C'EST TROP!
J'AVAIS FAIT DE CETTE NÉGOCIATION SUR LES SATELLITES UNE AFFAIRE PERSONNELLE, ET PLUS GÉNÉRALEMENT DE L'ESPACE INTERSIDÉRAL UN DOMAINE RÉSERVÉ...
ALORS ON ME CHERCHE? ON ME TROUVE...
JE VAIS SAISIR LES PLUS HAUTES INSTANCES...

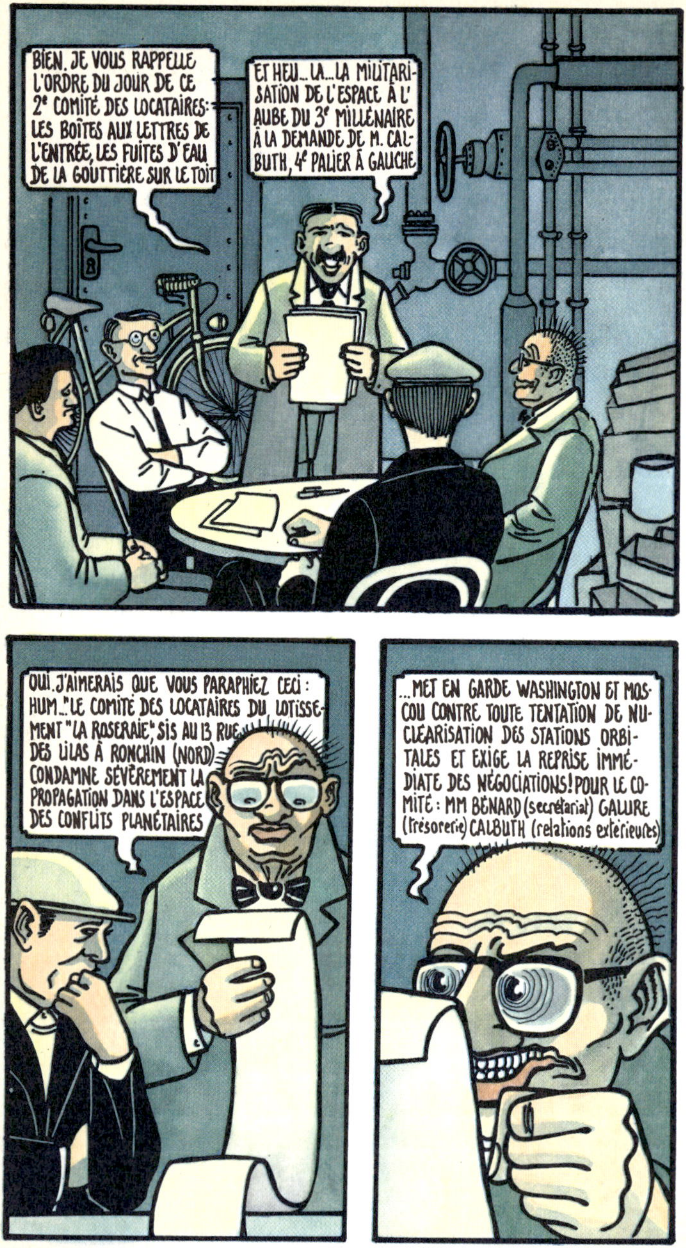
BIEN. JE VOUS RAPPELLE L'ORDRE DU JOUR DE CE 2e COMITÉ DES LOCATAIRES: LES BOÎTES AUX LETTRES DE L'ENTRÉE, LES FUITES D'EAU DE LA GOUTTIÈRE SUR LE TOIT
ET HEU... LA... LA MILITARISATION DE L'ESPACE À L'AUBE DU 3e MILLÉNAIRE À LA DEMANDE DE M. CALBUTH, 4e PALIER À GAUCHE
OUI. J'AIMERAIS QUE VOUS PARAPHIEZ CECI : HUM..."LE COMITÉ DES LOCATAIRES DU LOTISSEMENT "LA ROSERAIE", SIS AU 13 RUE DES LILAS À RONCHIN (NORD) CONDAMNE SÉVÈREMENT LA PROPAGATION DANS L'ESPACE DES CONFLITS PLANÉTAIRES
...MET EN GARDE WASHINGTON ET MOSCOU CONTRE TOUTE TENTATION DE NUCLÉARISATION DES STATIONS ORBITALES ET EXIGE LA REPRISE IMMÉDIATE DES NÉGOCIATIONS! POUR LE COMITÉ : MM BÉNARD (secrétariat) GALURE (trésorerie) CALBUTH (relations extérieures)

AAAH... OUI...OUI...
HEU MAIS MAIS...
ON POURRAIT PEUT-ÊTRE D'ABORD FAIRE RÉPARER LA TOITURE ET...
HEU...HEU
OUI ET HEU...
APRÈS DANS LA FOULÉE, ON VOIT POUR LES STATIONS ORBITALES
NON?
MMMOUAIS, O.K. JE VOIS
J'AI AFFAIRE À UNE ASSEMBLÉE FANTOCHE DE RÉFORMISTES TIMORÉS PETITS-BOURGEOIS
MESSIEURS, JE VOUS LAISSE À VOS BOÎTES AUX LETTRES ET À VOS TUYAUX DE GOUTTIÈRE PERCÉS. L'HISTOIRE JUGERA...!!
OOOH!
M'SIEUR CALBUTH

MONIQUE!
MONIQUE!
BLAM

ILS ONT REPOUSSÉ MA MOTION !!
TOUT VA CONTINUER COMME AVANT LE FEU, LE SANG, LA PEUR, LA MORT L'APOCALYPSE IMMINENTE...

ALLONS, MON RAYMOUNET! C'EST RIEN! L'APOCALYPSE IMMINENTE, C'EST QU'UN MAUVAIS MOMENT À PASSER. APRÈS ÇA VA MIEUX...
ON ME POUSSE VERS LE TERRORISME. ON ME MARGINALISE! CETTE NUIT NOUS ALLONS AGIR
4H. DU MATIN, ON EST DANS LES TEMPS.
ON A BIEN FAIT D'EMPRUNTER LA CAMIONNETTE DE L'ÉPICIER GROBERT...
STOP! ICI CA SERA TRÈS BIEN!

CLIC... SHH...
BON, LE MICRO MARCHE... TOUT VA BIEN...
12000 KILOTONNES DE MISSILES À TÊTE NUCLÉAIRE SONT POINTÉS SUR VOUS !!
?
?!
130 SATELLITES BOURRÉS D'EXPLOSIFS TOURNENT CHAQUE JOUR AU-DESSUS DE VOS TÊTES !!
PENDANT QUE VOUS DORMEZ LA MILITARISATION DE L'ESPACE EST EN MARCHE RÉAGISSONS ENSEMBLE !!
C'EST UN FOU !! UN FOU !
BLAM

HOU!! TU AS VU CE COUP DE FUSIL! HAHA IL EST SÛR QUE CE TYPE D'ARGUMENT DÉRANGE BEAUCOUP DE MONDE...
BLING
ET DANS UN INSTANT, TU VAS VOIR À L'ŒUVRE L'APPAREIL DE RÉPRESSION POLICIÈRE. TIENS, ÉCOUTE!
PIN PON
PIN PON
QU'EST-CE TU VOIS ??
BEN ON EST ENTOURÉS DE RÉPRESSIONS POLICIÈRES AVEC LEURS APPAREILS

JE TENTE UN COUP DE BLUFF! JE SAIS PAS SI ÇA VA MARCHER. EN TOUT CAS, ÇA PEUT ÊTRE RIGOLO...

HAHAHAHA !!! QUELLE DÉRISION ! LEUR MORAL EST SAPÉ À LA BASE, LÀ !
MA PAROLE ! IL SE FOUT DE NOTRE GUEULE !!
CHARGEZ-MOI CETTE GUIMBARDE !
OUH LÀ ! JE SENS QUE JE VAIS ÊTRE MOLESTÉ
AÏE ! HOU ! ÇA Y EST, ON ME MOLESTE ! ON ME MOLESTE ! AÏE, MON NEZ ! ALORS LÀ, JE SUIS CAR-RÉ-MENT MOLESTÉ !!!
AÏE ! VOUS NE L'EMPORTEREZ PAS AU PARADIS

MAIS LÂCHEZ-LE ! ... C'EST MON MARI ! VOUS NE L'EMPORTEREZ PAS AU PARADIS... !!
NON, NON. ON L'EMPORTE JUSTE AU COMMISSARIAT, C'EST PLUS PRÈS !

AH MONIQUE ! ILS T'ONT RELÂCHÉE, TOI.

TU AS VU LE SPARADRAP SUR MON NEZ ?? L'ÉTAT POLICIER NE FAIT PAS DE DÉTAIL! PENDANT MA DÉTENTION, JE VAIS ÉCRIRE UN LIVRE SUR MON INCROYABLE ODYSSÉE, POUR ALERTER L'OPINION...
JE LE DIFFUSERAI PAR PETITS BOUTS DE PAPIER ATTACHÉS À DES BALLONS QUE JE FERAI ENVOLER PAR LA FENÊTRE ENTRE LES BARREAUX.

D'AILLEURS, IL FAUDRAIT QUE TU ME FASSES PARVENIR SECRÈTEMENT DES BALLONS DANS DU PAIN, À LA PLACE DE LA MIE...
DES BALLONS DANS DU PAIN ? MAIS ÇA TIENDRA JAMAIS...!
MAIS, SI! DES BALLONS DÉGONFLÉS!
mettre dans le pain des ballons dégonflés
AH OUAIS, DÉGONFLÉS! ALORS, LÀ D'ACCORD!

JE T' AMÈNERAI AUSSI TON COURRIER PLIÉ EN 4 DANS UN POT DE CONFITURE...
ET DES SANDWICHES AU PÂTÉ AVEC TON JOURNAL DE MOTS CROISÉS ROULÉ À L'INTÉRIEUR, POUR TA DISTRACTION

OOH! MONIQUE CHÉRIE! AVEC TOI, TOUS LES GOULAGS SONT DES NIDS D'AMOUR!
OUI, MAIS REVIENS VITE. J'M'ENNUIE QUAND T'ES AU GOULAG...

Raymond Calbuth se fend d'une déclaration

Raymond Calbuth

s'écrase au décollage

OH! ALOUETTE À CACHALOT! LA TARTINE GAUCHE EST EN FLAMMES
GOD! CONTINUONS AVEC LA TARTINE DROITE... POURVU QU'ELLE TIENNE!
TCHIAC
SET
LA RADIO DE BORD MARCHE PLUS?
BEN NON, ON N'A PAS CHANGÉ LES PILES...
MANQUERAIT PLUS QU'ON TOMBE EN PANNE DE CAFÉ...!!
F.M.
G.O.
BON ALORS, IL NE ME RESTE PLUS QU'À DESCENDRE POSTER LE COURRIER À LA MAIN...
LA MÉTÉO EST MAUVAISE. LE PLAFOND EST TRÈS BAS ATTENTION DE NE PAS TE COGNER LA TÊTE...!!

TU CONNAIS LA DEVISE DE L'AÉROPOSTALE : PASSER À TOUT PRIX... MERMOZ, ST EXUPÉRY... ETC...
JE SUIS UN FRAGILE COUCOU LANCÉ VERS L'INCONNU ET...
OH??
OOOOOH
MAYDAY !! MAYDAY !!
OUHLALA! UN TROU D'AIR!
HEU... ÇA VA, CACHALOT ?? JE LANCE LES RECHERCHES. QUELLE EST TA POSITION ?
BLENG

OUYOUYOUIE...
POSITION ALLONGÉE... AU SUD DE L'ESCALIER... ATTERRISSAGE FORCÉ
AH! MA PETITE ALOUETTE. TU M'AS LOCALISÉ !!
J'AI BIEN REÇU TON APPEL DE DÉTRESSE 5 SUR 5 !!
LE.. LE COURRIER VA LE POSTER VITE... OOOOOH !!
C'EST PAS URGENT... C'EST UNE LETTRE AUX GABURNOT...
POUR DIRE QU'ON PEUT PAS VENIR AU SCRABBLE
PEU... PEU IMPORTE! TU CO... CONNAIS LA DEVISE DE L'AÉROPOSTALE... LE COURRIER D.. DOIT PASSER...!!

ALORS M. CALBUTH, ON S'EST ÉCRASÉ SUR LE PALIER? ON A ENCORE RATÉ SON DÉCOLLAGE ?
PAS DE VICTIMES, AU MOINS?

C'EST MALIN!
IL AURAIT PU SE FROISSER LA CARLINGUE, OU SE CASSER LE COCKPIT...
BAH, TANT QUE LA QUEUE DE L'APPAREIL EST INTACTE, HEIN!
QUELLE VULGARITÉ !!!

VIENS, MON CACHALOT... JE VAIS TE RAPATRIER PAR ASCENSEUR SANITAIRE...
HAAA... CHAIS PAS C'QUI S'EST PASSÉ... J'AI PERDU LE CONTRÔLE-RADAR DE MOI-MÊME
CALME-TOI, ALLEZ... ON VA EXAMINER TA BOÎTE NOIRE...

Fin

Imprimé par Canale à Turin
le 15 octobre 1990.
Dépôt légal novembre 1990. ISBN 2-277-33193-7.
Imprimé en Europe (Italie).

193

J'ai lu BD / Éditions J'ai lu
27, rue Cassette 75006 Paris

Diffusion France et étranger : Flammarion